OPUSCULES

EN VERS

ET EN PROSE.

SE TROUVE:

AU BUREAU DE LA REVUE PHILOSOPHIQUE, rue de Grenelle, N° 7, faubourg Saint-Germain;

Et chez GÉRARD, Libraire, rue St.-André-des-Arcs, N° 59.

DEBRAY, Libraire, rue Saint-Honoré, Barrière des Sergens;

MARTINET, Libraire, rue du Coq Saint-Honoré.

DABIN, Libraire, Palais du Tribunat.

OPUSCULES

EN VERS

ET EN PROSE;

PAR M^{RIE}.-J.-J. VICTORIN FABRE.

A PARIS,

DE L'IMPRIMERIE DE LA Ve PANCKOUCKE,

Rue de Grenelle, N° 7, faubourg S^{t}.-Germain.

1806.

TABLE

DES OPUSCULES.

Préface, ... Page 7

Discours en vers sur l'indépendance de l'Homme de Lettres, ... 21

Dialogue entre Voltaire et Rousseau de Genève, sur l'influence du Théâtre, ... 33

Essai sur l'Amour, et sur son influence morale, ... 51

*Élégie aux Mânes de madame Fanny ***.*, ... 87

PRÉFACE.

L'INSTITUT NATIONAL, ou plutôt la *Classe de la Langue et de la Littérature françaises*, avait proposé, pour le concours poétique de l'année dernière, trois sujets de prix. Deux sur-tout m'ont séduit; et le plaisir que j'éprouvais à les méditer m'a mis la plume à la main. Sans oser prétendre aux palmes académiques, je croyais avantageux pour moi de m'exercer sur des sujets grands et utiles, dignes de l'attention des lecteurs, et d'une plume moins novice.

Forcé de quitter Paris en Septembre, j'emportais avec moi mes ébauches, mes notes, et je me proposais, en revoyant avec attention ces opuscules, d'y mettre la dernière main. Un accident aussi imprévu que périlleux vint rendre ce projet inutile. Les journaux ont raconté cet évènement qui n'en valait guère la peine : tout ce que j'ai à dire à ce sujet, c'est que, parmi certains papiers que je perdis alors, se trouvaient les notes dont je parle.

Un second accident arrivé presque aussitôt, les suites d'une chûte douloureuse dont il serait au moins inutile d'entretenir le lecteur, m'avaient interdit long-tems toute espèce de travail. Les médecins me le défendent toujours ; et le lecteur verra bien, après avoir lu cette préface, que ma malheureuse tête me le défend encore, plus que les médecins.

Cependant la séance publique de l'Académie, les pièces qui ont paru ou qui vont paraître sur les divers sujets proposés au concours, tout semble garantir que l'attention *littéraire* est un moment tournée de ce côté-là. J'en profite pour imprimer aussi mes essais, ne jugeant pas que leur peu de mérite pût ramener sur ces objets l'attention bientôt refroidie ou lassée. Je les donne donc avec leurs imperfections, leurs lacunes; contraint de me borner à sentir ces défauts, puisque dans la position d'esprit où je me trouve, il m'est impossible de les corriger.

La première pièce de ce Recueil est un *Discours en vers sur l'indépendance de l'Homme de Lettres.* Le tems m'a manqué : on reconnaîtra par-tout les pierres d'attente. Ce Discours, à peine ébauché, a été envoyé au concours. L'Académie a eu la bonté de déclarer, par l'organe de M. Suard, son secrétaire perpétuel, que *cette pièce avait paru mériter une distinction particulière;* et que cette savante Compagnie avait cru lui devoir accorder l'*Accessit,* qui n'avait point jusqu'ici été décerné par l'Institut National : paroles suivies d'expressions trop indulgentes, pour qu'il me soit permis de les répéter ici.

Ce Discours est suivi d'une espèce de *Dialogue des morts,* entre Voltaire et Rousseau de Genève, sur *l'influence du Théâtre,* l'un des sujets proposés par l'Institut. Cette pièce ne pouvait convenir au concours, sur-tout par son étendue qui va beaucoup au delà des bornes prescrites. Mais j'eusse bien désiré la rendre moins indigne des lecteurs; c'est dans cette intention que, l'ayant d'abord composée en trois ou quatre cents vers, je viens de la réduire à deux cent cinquante : heureux si mon abrégé ne paraît pas encore long!

En réfléchissant sur ce sujet qui, par cela seul qu'il offrait une question à résoudre, et semblait provoquer une discussion, devait se prêter plus difficilement à la poésie, il me sembla que la forme seule du dialogue pouvait convenir à son éclaircissement. Ce dialogue, me disais-je, ne doit pas être trop familier; ce doit être le plus souvent le dialogue de la haute comédie, mais quelquefois aussi faut-il qu'il s'élève un peu au-dessus. La mesure était difficile à garder ; je le sentis ; mais je sentis plus encore qu'il était comme impossible, en prenant dans ce sujet la forme oratoire, de présenter, en poésie, la question sous ses différens jours.

Il me parut alors autant approprié à cette même question qu'avantageux pour son développement, de la faire discuter par deux hommes illustres, ennemis pendant leur vie, particulièrement divisés sur ce sujet, et dont l'un est parmi nous au rang des premiers poètes dramatiques, et l'autre le censeur le plus amer du goût pour les spectacles, et leur antagoniste le plus éloquent. Ce choix de deux interlocuteurs célèbres, qui, dans toute autre circonstance, aurait dû paraître présomptueux, ne doit donc passer ici que pour dangereux à l'auteur ; puisqu'il est évident qu'en se déterminant pour un tel choix, il a plus regardé à l'importance et à la nature du sujet dont s'entretiennent ces grands personnages, qu'à la faiblesse et à l'insuffisance de celui qui les fait parler. J'ai cru d'ailleurs cette espèce de forme dramatique mieux assortie à la question sur les Spectacles : je puis m'être trompé sans doute ; toute erreur n'est pas une faute ; et je suis loin de me croire exempt d'erreur.

En faisant disserter Rousseau sur le Théâtre, j'ai cru devoir mettre dans sa bouche quelques-uns de ces traits amers et vigoureux, si libéralement répandus dans sa *Lettre sur les Spectacles*. Cela même était un écueil. Comment supposer sérieusement que mes pensées puissent être souffertes auprès de celles de Rousseau ? Qu'y faire ? On doit plaindre l'auteur condamné par son sujet à ces emprunts dangereux, mais je ne pense pas que ce soit au lecteur à s'en plaindre.

Il y a donc dans ce Dialogue des pensées qui ne m'appartiennent que par le choix de l'interlocuteur que j'y fais parler. Il y en a aussi qui m'appartiennent en propre : elles me paraissent même l'emporter de beaucoup sur les autres par leur nombre. Mais les égalent-elles en justesse ? Lecteur, ce n'est pas moi qui suis juge de cela. Quoi qu'il en soit, j'ai donné aux unes et aux autres de nombreux développemens ; j'aurais pu leur en donner bien davantage.

J'aurais pu du moins dans des notes suppléer à ce qui eût manqué sur ce point dans le texte : cela était aisé. Sans doute ; et je ne prétends pas en blâmer l'usage dans autrui ; mais, quant à moi, je n'aime point à enfler de glose et de commentaires un ouvrage en vers ; je n'aime point à donner par ces supplémens les prétentions du volume à de simples feuilles : tout cela n'est bon à rien, et n'ajoute guère au livre un nouveau prix, si ce n'est peut-être aux yeux du libraire. Si l'on savait exprimer en vers ce qu'on dit en prose dans ses notes, on chargerait plus rarement de notes ses ouvrages en vers (*). Pour moi, inhabile écrivain

---

(*) Je n'entends pas insinuer par là que la poésie doive, à l'imitation de la prose, suivre un sujet

dans l'un comme dans l'autre langage, en traitant un sujet qui semblait comporter, ou même appeler tant de notes, je n'en ai fait qu'une, une seule ; ou plutôt j'ai fait un *Essai* trop long, et sur un sujet trop accessoire à ma question, pour n'être en effet qu'une note : or, je vais dire pourquoi j'ai écrit cet Essai-là.

---

dans toutes ses branches, s'étendre en arides détails, se traîner sur les idées intermédiaires et peu saillantes. Je sais que la poésie n'embrasse un sujet que par masses, qu'elle franchit les intervalles avec la rapidité de l'aigle, et ne se pose, pour ainsi dire, que sur les hauteurs. Je ne parle donc ici que de ce genre de notes destinées à expliquer le texte, et dans lesquelles l'auteur en prose se rend, en quelque sorte, l'interprète de l'écrivain en vers. Il y en a d'autres faites ou plutôt compilées uniquement pour *grossir le volume ;* ce n'est point à moi de juger de leur prix ; je l'ai dit ; c'est aux libraires qui les payent.

J'ai laissé glisser dans mon texte une vérité trop peu rebattue ; elle va infailliblement passer pour une erreur, qu'on ne manquera pas d'appeler paradoxe. Car, je ne sais pourquoi ; mais depuis quelque tems on applique indistinctement ce nom à toute erreur ; comme si ces deux mots étaient synonymes, comme si un paradoxe ne pouvait jamais être une vérité, et qu'il fallût pour qu'une vérité fût telle qu'elle eût le consentement exprès de tout le genre humain. Or, bien loin que le paradoxe dont il s'agit soit à mes yeux une erreur, c'est une vérité pour moi, une vérité grande, utile, trop peu connue, et qu'il importe de développer.

On trouvera donc dans ces feuilles des idées, dont quelques-unes paraîtront hardies ; on demandera mon âge ; et l'on me blâmera d'avoir pensé. C'est l'usage ; il faut s'y soumettre : je n'aspire pas à l'honneur d'une exception.

A Paris, le 12 *Février* 1806.

DISCOURS

EN VERS

SUR L'INDÉPENDANCE

DE L'HOMME DE LETTRES.

DISCOURS EN VERS (1)

SUR L'INDÉPENDANCE

DE L'HOMME DE LETTRES ;

Pièce qui a obtenu l'*Accessit* au jugement de la Classe de la Langue et de la Littérature françaises de l'Institut National.

> *Pro re pauca loquar.*
> VIRG. Æneid. Lib. IV.

SOIT que de la raison interprêtant les lois,
Dans l'esprit des mortels tu consacres ses droits ;
Soit que la revêtant d'images plus chéries,
Tu l'amènes au cœur par des routes fleuries,

---

(1) Cette pièce n'est pas tout à fait telle qu'elle a été envoyée au concours. *J'ai supprimé quatorze vers*; et j'ai fait quelques changemens à peu près à un égal nombre. Plusieurs membres de l'Institut ont témoigné le desir que j'en fisse l'aveu : la raison qu'ils ont eu l'indulgence d'en donner, m'est trop honorable pour que je ne m'empresse pas d'obéir.

Philosophe ou Poète, épris des doctes Sœurs,
Veux-tu jouir en paix de leurs chastes faveurs?
Vis libre, indépendant, seul maître de ton ame.
Loin d'un monde servile entretiens cette flamme,
Ce feu de liberté, dont les nobles élans
Font les mâles vertus, les sublimes talens.
Forme-lui dans ton ame une secrète enceinte.
Si d'un souffle étranger il éprouve l'atteinte,
Il meurt; et ton esprit sent languir sa vigueur:
La source en est tarie; elle était dans ton cœur.

Affranchi des erreurs d'une vie inquiète,
L'écrivain studieux, au sein de la retraite,
Laisse couler en paix ses modestes loisirs.
C'est là qu'exempt d'honneurs, libre de vains desirs,
Au flambeau du Génie épiant la Nature,
Il la surprend sans voile, et la peint sans parure.
D'une tranquille étude il goûte la douceur;
Et la gloire pour lui naît au sein du bonheur.
Il se fait un Olympe au-dessus des orages.
Loin, bien loin sous ses pieds, un voile de nuages

Dérobe à ses regards ces flots tumultueux,
Ces écueils que la foudre éclaire de ses feux,
Cet Océan sans ports, où gronde la tourmente,
Où, de l'ambition suivant l'étoile errante,
Les crédules humains, frêles jouets du sort,
Sans rame et sans boussole emportés loin du bord,
Se choquant dans la nuit, au milieu des orages,
L'un par l'autre brisés, confondent leurs naufrages.
Lui, tandis que les flots dispersent leurs débris,
Favorisé des vents et des astres amis,
Sans terreur, il s'élance aux plaines azurées.
De l'Olympe à sa voix les voûtes éthérées
S'ouvrent : et son génie échappant à nos yeux,
Sur l'aîle de la Gloire, y vole au sein des Dieux.
O culte des talens ! renais dans ma patrie ;
Réveille dans nos cœurs ta sainte idolâtrie ;
Viens ranimer ce feu, cette sublime ardeur,
Qui du génie éteint rallume la splendeur ;
Et qu'au sein des parfums d'une flamme sacrée,
Renaisse le Phénix de sa cendre adorée.

Que dis-je? il n'est plus tems. Sur la terre penchés,
Les regards des mortels y rampent attachés.
Vainement sur leur front planerait le Génie.
Mais lui-même, aspirant à son ignominie,
Il descend de sa gloire; et par sa lâcheté
Trop souvent il provoque un mépris mérité.
L'un, vouant à l'intrigue une Muse docile,
Brigue des vains honneurs la couronne servile;
Insensé! qui s'empresse aux pieds de la grandeur
D'enchaîner son génie, exilé de son cœur.
Cette chaîne, énervant la pensée asservie,
Ote à l'ame captive et la flamme et la vie.
Avec la liberté, qui ne l'inspire plus,
La gloire fuit ses chants à la faveur vendus.
L'autre, altéré de gain plus que de renommée,
Trafique des chansons d'une Muse affamée;
Et se laissant conduire à son avide espoir,
L'encensoir à la main, suit l'or et le pouvoir.
Le talent que dévore une ardeur mercenaire
Est tel que l'arbrisseau captivé dans la serre,
Et qui, se nourrissant de factices chaleurs,

Donne un pâle feuillage et de stériles fleurs.
D'une ardeur éphémère il s'allume et fermente ;
Dans ses canaux filtrée une sève indigente
N'apporte à ses rameaux qu'un suc infructueux.
Oh ! qu'il purge Hélicon de son aspect honteux
Le lâche qui des arts souillant le sanctuaire,
Prostitue à Plutus un encens adultère !
Toi ! si pour ton génie il est un avenir,
Respecte-le toi-même, et crains de le ternir.

Feras-tu, dans les cours que ta voix importune,
Ramper la flatterie aux pieds de la fortune ?
Crois-tu que d'un Crassus souffrant l'indigne appui,
Le Dieu qui t'inspirait s'abaisse jusqu'à lui ?
Malheureux ! connais-tu la chaîne qui te lie ?
Il faut à tous ses goûts que ton ame se plie,
Qu'elle épouse la sienne, obéisse à sa voix.
Bientôt à ta pensée il va dicter des lois,
A son génie étroit asservir ton génie :
Il s'énorgueillira de ta gloire ternie ;

De tes lauriers flétris il voudra se parer;
Et, fier de t'avilir, il croira t'honorer.

Ah ! si d'un protecteur l'appui t'est nécessaire,
Crois-moi, cherche un ami, mais un ami sincère;
A ton libre génie il pourra pardonner.
Il donne ses bienfaits; lui seul sait les donner;
Lui seul de sa grandeur sait oublier la trace.
Le favori d'Auguste était l'ami d'Horace;
Et par cette amitié, plus que par sa grandeur,
Avait acquis le droit d'être son bienfaiteur.
Mais dans ce siècle avare où trouver des Mécènes?
Non, non; fuis des bienfaits qui deviennent des chaînes;
Des ennuis trop réels sous des biens apparens.
Protégé, diras-tu, du suffrage des grands,
Tu verrais aussitôt mille voix mercenaires,
De ce suffrage vain mille échos tributaires,
Du bruit de leur louange enfler ta gloire. Non.
Crains ce bruit dangereux, crains ce frêle renom,
Qui fuit comme l'éclair sans laisser de mémoire.
Peut-être moins vanté, mais avec plus de gloire,

Moins envié sans doute avec plus de bonheur,
Tu vivras, mourras libre; et c'est-là ta grandeur.

Mais follement épris d'une nue éclatante,
Si tu poursuis au loin sa faveur inconstante,
Toujours loin de toi-même emporté dans son cours,
Tu vas en un vain songe égarer tes beaux jours.
Détrompé, mais trop tard, à la retraite obscure
Tu viens redemander la paix et la nature,
Et rentré dans la vie au point de la quitter,
N'entrevois le bonheur que pour le regretter.
Trop heureux si ton ame à soi-même rendue,
Pouvait, en recouvrant sa dignité perdue,
Se rallumer encore au déclin de tes ans,
De ces jeunes ardeurs, foyer des grands talens;
De ton hiver du moins éternisant le reste,
Venger de ton printems l'égarement funeste;
Et déplorant ces jours éclipsés pour jamais,
Trouver dans l'avenir le prix de tes regrets!

Voltaire, ce génie aux ailes étendues,

Qui, s'ouvrant dans les arts des routes inconnues,
Dans leur empire immense était fait pour régner,
Crut trop à ces faveurs qu'il devait dédaigner.
Il pense, fatigué des lenteurs de sa gloire,
Hâter par les honneurs l'éclat de sa mémoire :
A ses yeux éblouis les honneurs sont offerts :
On lui promet la gloire : on lui donne des fers.
Loin de sa liberté qu'il outrage, et qu'il aime,
Il ne se trouve plus ; il a fui de lui-même ;
Son cœur s'est dépouillé de ses nobles transports ;
Et son esprit aux fers sent languir ses ressorts.
La voix de la raison frappe alors son oreille ;
D'un long rêve aussitôt son ame se réveille ;
Cet éclat, ces honneurs, qu'il a trop expiés,
Fantômes du sommeil, il les foule à ses pieds.
Il fuit ; et loin des Cours, au sein de la retraite,
Va respirer l'oubli d'une vie inquiète,
Goûter la paix des champs, des bois silencieux ;
La gloire et le bonheur l'attendaient en ces lieux.
Sur des monts écartés retrouvant son génie,
Il rend à ses destins son ame rajeunie.

Il vit pour l'Univers; la raison à sa voix,
Des Peuples éclairés passe au conseil des Rois :
Il proclame son culte; et vengeant ses outrages,
Ce Génie immortel dans le long cours des âges
S'avance, encore armé de son flambeau vengeur,
Et chasse devant lui le faux jour de l'erreur (2).

Tel près de se répandre en largesses fécondes,
Aux murs où de la Saône il adopte les ondes,
Le Rhône impétueux, égaré dans son cours,
Semble au sein de la terre englouti pour toujours.
Mais bientôt, ramenant ses flots à la lumière,
Plus calme il s'agrandit dans sa libre carrière :

---

(2) Il est convenu de dire la nuit de l'erreur, comme on dit la nuit de l'ignorance. L'ignorance et l'erreur ne sont cependant pas la même chose. L'une nous laisse dans les ténèbres, et ne nous égare point; l'autre nous donne des lumières trompeuses, et nous éclaire pour nous égarer. Il semblerait donc plus juste de dire *la nuit de l'ignorance*, et *le faux-jour de l'erreur*.

Et court, bordé de fleurs, de fruits, de pampres verds,
Du tribut de son onde enorgueillir les mers (3).

---

(3) Avant de baigner les murs de Lyon, et les campagnes charmantes qui l'entourent, le Rhône se perd tout entier à quatre lieues de Genève, disent les Géographes, sous une voûte immense de rochers, d'où il sort ensuite près du pont de Grezin. Mais les Géographes se trompent; c'est à six ou sept lieues de Genève, à deux lieues au dessous du pont de Grezin, que commence ce qu'on appelle dans le pays *la perte du Rhône*.

DE L'INFLUENCE

DU THÉATRE

SUR

LES MOEURS ET LE GOÛT.

Le théâtre instruit mieux que ne fait un gros livre.
VOLTAIRE.

Di! meliora piis, erroremque hostibus illum.
Epigraphe de la Lettre de ROUSSEAU
sur les Spectacles.

DE L'INFLUENCE
DU THÉATRE
SUR LES MŒURS ET LE GOÛT;
DIALOGUE
ENTRE
VOLTAIRE ET ROUSSEAU DE GENÈVE,
Dans l'Élysée.

ROUSSEAU.

DIRIGEANT aux vertus les penchans de nos cœurs,
Le théâtre à vos yeux est l'école des mœurs.
Moi, je n'y vois qu'un art, un jeu fait pour séduire,
Pour enchanter le cœur, et non pas pour l'instruire.

En flattant nos penchans il a su nous charmer :
Infecté de nos mœurs, peut-il les réformer ?
Sur une scène heureuse un auteur qui veut plaire
Toujours dans ses héros peint notre caractère :
Le spectateur charmé, qui s'admire en autrui,
S'attache au personnage, et s'applaudit en lui.
Mais si dans une scène à nos mœurs étrangère,
Vous n'offrez de nos goûts qu'une image légère,
L'illusion alors ne peut me transformer
En des héros trop vrais, que je cesse d'aimer.
C'est en nous imitant que l'on nous intéresse.
Elevé dans Paris un héros de la Grèce,
Du public qui l'instruit docile nourrisson,
Sur la scène au public répète sa leçon.
Le maître est au parterre, au théâtre est l'élève.

VOLTAIRE.

Quoi donc! serait-il vrai, citoyen de Genève,
Qu'en peignant ces Romains si grands, si généreux,
Corneille eût pris en nous ce qu'il nous offre en eux?
Ou nous charme-t-il moins par sa pompe étrangère?

Mais qu'est-ce pour son art de charmer et de plaire?
Il entraîne, il ravit, tient nos cœurs en ses mains;
Agrandis à sa voix, nous sommes tous romains,
Embrâsés comme lui de ce feu qui l'inspire;
Et Rome toute entière en notre sein respire.
A quoi donc bornez-vous cet ascendant heureux,
Et ces bienfaits d'un art qui, par de simples jeux,
Fait de tant de vertu tout un peuple idolâtre?

ROUSSEAU.

A montrer la vertu comme un jeu de théâtre,
Qu'ailleurs sans ridicule on ne peut transporter,
Et qu'il faut applaudir, mais non pas imiter.
Sans doute il est aisé, sur les bancs d'un parterre,
Honorant les vertus, et plaignant la misère,
D'acquitter ses devoirs envers l'humanité.
Mais cherchez dans le sein de la société
Cette morale austère au théâtre applaudie:
Non; l'on ne donne pas ici la comédie.
Pourquoi leur demander des vertus et des mœurs?
Quel rôle ont-ils à faire? ils ne sont point acteurs.

VOLTAIRE.

Sans doute ils n'iront pas, transformés par la scène,
Affecter de nos jours l'austérité romaine;
Et prendre dans Paris, héros hors de saison,
La toge de Brutus, le poignard de Caton.
Mais si tant de vertu s'est parmi nous éteinte,
Un saint respect du moins y nourrit son empreinte;
Et lorsque en autrui même elle sait nous charmer,
Croyez que dans notre ame on peut la rallumer.

ROUSSEAU.

Rousseau, vous le savez, ne croit point aux miracles.
Mais, dites vrai, serait-ce à des jeux, des spectacles,
D'opérer ce prodige, et de changer nos cœurs ?
Eux qui dans une mer de contraires erreurs
Egarant la morale au gré de leurs chimères,
Tantôt, exemples faux de vertus trop austères,
Nous offrent un héros aussi grand qu'inhumain,
A la voix du devoir, la veille d'un hymen,
Sans pitié, sans remords, immolant sa tendresse :

Et tantôt un héros qui, fier de sa faiblesse,
Chargé de nous instruire, et de plaire à son tour,
Nous dit qu'il faut en nous que tout cède à l'amour;
Qu'il remplit les grands cœurs; et que dans Alexandre
C'est le feu de l'amour *qui mit l'Asie en cendre.*
Que cet amour fatal, que tout respire ici,
Est le seul Dieu suprême.

VOLTAIRE.

Et vous, Saint-Preux, aussi!
Vous, maudire l'amour! ah! votre ame asservie
Fut jadis moins sévère aux erreurs de Julie.
Mais si l'amour ingrat vous rendit malheureux,
Cet amour au théâtre est-il si dangereux?
Ses pleurs, son désespoir, son trouble, ses orages,
Ses fureurs, ses remords, leurs sanglantes images,
Lui-même contre lui forcé de déposer,
Sur la scène à nos yeux il vient les exposer.

ROUSSEAU.

Remède empoisonné d'un mal à qui tout cède!

Le spectateur boira le mal dans le remède.
Oh! quiconque à ses traits voudra fermer nos cœurs ;
Qu'il cache de l'amour jusques à ses douleurs !
Sans doute, ou je m'abuse, ou la seule éloquence
Contre un charme si doux doit être le silence :
Mais s'il faut détromper de ses traîtres appas,
Racontez ses tourmens, et ne les peignez pas.

Ah ! lorsque de l'amour l'image séduisante,
Allume tous nos sens d'une fureur charmante ;
Lorsque tout notre cœur loin de nous emporté,
En savoure à longs traits l'ardente volupté ;
Pensez-vous qu'un tableau de ses vaines disgrâces
De cet attrait vainqueur puisse effacer les traces ?
Non ; souffrez que j'atteste un auteur sur ce point
Que vous-même, je crois, ne récuserez point.
Zaïre... A ce doux nom vous souriez : Zaïre
Va des mains d'Orosmane accepter un Empire.
Le bonheur d'un amant, ce bonheur qu'elle a fait,
D'Orosmane à ses yeux est le plus doux bienfait.
Beauté, vertu, jeunesse, amour, nœuds d'hyménée,

Vont unir à *jamais leurs cœurs, leur destinée.*
Sur le lit nuptial jetez, jetez des fleurs.
Que dis-je? ah! pour Zaïre il n'est plus que des pleurs.
Un père, le devoir, en son ame égarée,
Le ciel même poursuit une image adorée.
Mouillé des *premiers pleurs qui coulent de ses yeux*,
Un amant éperdu, tremblant et furieux,
C'est Orosmane : il lit... le crime de Zaïre.
Zaïre à se trahir elle-même conspire :
Ce crime elle l'avoue. Il veut encor la voir,
Il veut... il ne veut rien : tout à son désespoir,
Tout à sa rage, errant dans la nuit la plus sombre,
Seul, il veille. Un mot sourd a retenti dans l'ombre,
C'est Zaïre ... A sa voix tout son cœur a saigné.
Elle appelle un rival; et le fer indigné,
Le fer... Ah! c'en est fait Zaïre est expirante:
Zaïre!.. il n'est plus tems; elle était innocente.
Il plonge tout ce fer dans son cœur enflammé;
Il meurt; mais en mourant, il dit : *j'étais aimé!*

Ce mot du drame entier est la morale nue.

Ce mot.... il reste seul dans notre ame éperdue :
Il dit que pour deux cœurs, dans des liens si chers,
S'ils sont aimés encore, il n'est point de revers,
Point de supplice affreux que ce bonheur n'enchante.
Oui, telle est de l'amour l'illusion touchante
Qu'il tire un plus doux charme encor de ses malheurs.
Il se nourrit de plainte, et vit de ses douleurs.
Si rien pouvait en lui détromper de lui-même,
C'est bien cette peinture où par un art suprême,
Sont unis tous les maux qu'il fit jamais souffrir ;
Eh bien ! cette peinture entraîne à le chérir.
Combien un cœur sensible, une amante éplorée,
De l'oubli d'un ingrat en secret dévorée,
De la tendre Zaïre envîra le destin !
Quand le fer d'un amant se plonge dans son sein,
Il l'adore, l'immole avec idolâtrie.
Que sa mort paraît douce à l'amante trahie !
Et, les pleurs d'Orosmane irritant ses douleurs,
Qu'à Zaïre immolée elle envîra ces pleurs !

VOLTAIRE.

Eh bien ! vous le voulez, que le sang et les larmes,
Les tourmens à l'amour prêtent les plus doux charmes;
J'y consens. Mais enfin, cet amour dans les cœurs,
Excite rarement de semblables fureurs.
Et les vices affreux que sa ruine amène
Font la honte et le deuil de la nature humaine.
La débauche triomphe où ne vit plus l'amour.
Elle y commande, y règne; et seule, en un seul jour,
Y commet plus d'horreurs l'une à l'autre enchaînées
Que n'eût causé de maux l'amour en vingt années !
Oh ! qu'ils aiment, nos cœurs de mollesse abattus,
Qu'ils aiment ! nous aurons des mœurs et des vertus.

ROUSSEAU.

Il est des nations de mollesse énervées,
Je le sais, où des mœurs dès long-tems dépravées,
Eteignent les vertus et les mâles talens.
A ces esprits sans vie, à ces cœurs sans élans,
Oui, le feu de l'amour peut redonner une ame.

Si j'ai peint le danger d'en irriter la flamme,
Je ne le cèle point, je suis loin de blâmer
Celui qui de nos jours voudrait la rallumer.
Mais en est-il ainsi des passions sanglantes
Qui d'un beau coloris sur la scène éclatantes,
Ne s'y montrent aux yeux que pour les éblouir;
Et presque à leurs fureurs nous forcer d'obéir?
L'orgueil, l'ambition, la vengeance, la haine;
Et ces grands scélérats....

VOLTAIRE.

Leur mémoire inhumaine
Est offerte au théâtre ainsi qu'aux grands chemins
Sont exposés les corps de fameux assassins,
Pour imprimer au peuple un effroi salutaire.
Et plus ils font briller un mâle caractère,
Plus ils ont déployé d'audace et de grandeur,
Plus leur chûte est horrible, et frappe de terreur.

A ces hautes leçons en vérités fertiles,
Joignez, joignez encor ces peintures utiles,

Où vient se dévoiler lui-même aux yeux de tous,
Un habile imposteur plus rapproché de nous.
Si Tartuffe n'était qu'un traître sans audace,
Que dirait à nos cœurs sa vulgaire disgrace ?
Mais Tartuffe dévot, de fourbe environné,
A tromper l'univers semble prédestiné.
Tant d'astuce à nos yeux par lui-même est trahie.
Quel exemple éloquent ! Qui de sa perfidie
Pourrait croire à jamais déguiser les ressorts,
Quand Tartuffe lui-même y fait de vains efforts ?
Ainsi tout l'art d'un fourbe, et son adresse extrême,
En dévoilant son art, et son adresse même,
Prouvent qu'un scélérat par son habileté
A ses crimes en vain promet l'impunité.

ROUSSEAU.

Mais lorsque le succès accompagne le crime,
Quand la vertu cédant au malheur qui l'opprime,
Voit contre elle le sort et le crime s'unir ;
Quand tout jusques au ciel conspire à la punir ?...

VOLTAIRE.

C'est lorsque la vertu sur la scène trahie,
S'y montre dans le deuil et dans l'ignominie,
Que son triomphe éclate avec plus de grandeur.
C'est lorsqu'elle gémit sous le crime vainqueur
Qu'elle obtient sur le crime une pleine victoire.
Son triste abaissement en éclipse la gloire ;
Même dans ses revers elle sait nous charmer ;
Et c'est là qu'il est beau de nous la faire aimer.
Quand de succès, d'honneurs, de splendeur couronnée,
De bonheur et de gloire elle est environnée,
Le cœur le plus pervers embrasse la vertu.
Mais quand tout son bonheur sous le crime abattu
N'a laissé que des pleurs que son chagrin dévore,
Au théâtre on apprend à la chérir encore.
On sent qu'il est un charme aux malheurs vertueux;
Qu'il n'est point de bonheur pour le coupable heureux;
Que sa gloire est honteuse et son succès à craindre;
Et que dans son triomphe il est le plus à plaindre

Cet effet du théâtre et que lui seul produit,
D'une leçon sublime est le généreux fruit.
Quand parmi les mortels un sort illégitime
De ses prospérités a revêtu le crime,
Ses succès fastueux, sa pompe, sa grandeur,
Abusent nos regards d'une ombre de bonheur:
Quand d'iniques revers l'innocence opprimée,
Dans un gouffre de maux nous paraît abîmée,
Sa honte, ses tourmens, ses affronts douloureux,
D'un mortel désespoir semblent frapper nos yeux:
Mais sur la scène enfin ce fortuné coupable,
Ce juste malheureux, et que le sort accable,
Forcés de nous ouvrir les replis de leurs cœurs,
Détrompent nos regards de ces tristes erreurs.
Nous lisons dans le cœur de la vertu souffrante
D'une secrète paix la douceur consolante;
Et dans le sein du crime un remords dévorant
Couvant le désespoir sous son calme apparent.

Voila, certes, voilà, j'ose encore le dire,
Les bienfaits de cet art que vous semblez proscrire.

Et quand il serait vrai qu'à mes yeux prévenus
Avec trop d'avantage ils fussent apparus,
Dans l'un de ces écrits aussi fameux qu'utiles,
Vous l'avez dit vous-même : *il faut aux grandes villes*
Des spectacles, des jeux, des divertissemens,
Qui préviennent ces vils et faux amusemens,
Où l'on croit égayer l'ennui de ne rien faire,
Et cette oisiveté des vices tributaire.

ROUSSEAU.

Oui, certes ! sans danger pour des cœurs sans vertus,
A des peuples sans mœurs les spectacles sont dûs.
J'y souscris ; je ne peux accorder davantage.
Mais il est pour la scène un tout autre avantage :
Ses effets sur le goût, plus sûrs et plus heureux,
Ne pouvaient, je l'avoue, échapper à mes yeux.
Oui : du Goût, je le sais, le temple est au théâtre ;
C'est-là qu'avec transport, par un peuple idolâtre,
Ses arrêts tour à tour sont rendus et suivis.
Que cent avis divers formés de mille avis,
N'en font qu'un seul enfin, celui du Goût lui-même.

C'est là qu'on prend ce tact, cette finesse extrême,
Qui d'un goût éclairé ne fait qu'un sentiment;
Qu'on apprend à saisir, en un même moment,
Le choix, la convenance, et les bornes précises,
De ces traits délicats, de ces grâces exquises,
De ces élans profonds, rapides, enflammés,
De ces beaux mouvemens, qui, savamment semés,
Ravissent à la fois dans un sublime ouvrage,
De mille esprits charmés l'unanime suffrage.

VOLTAIRE.

A cet arrêt du goût sans doute je souscris.
Nous différons d'ailleurs, mais j'en suis peu surpris.
A la scène autrefois vous dites anathême :
Je cultivai cet art, je l'aimais, et je l'aime.
En vain de nos penchans on nous croit détachés :
Même dans l'autre monde on tient à ses péchés.

DE L'AMOUR,

ET DE

SON INFLUENCE MORALE.

DE L'AMOUR,

ET

DE SON INFLUENCE MORALE.

Summa sequor fastigia rerum.
VIRGILE.

LA débauche triomphe où ne vit plus l'amour.
Elle y commande, y règne ; et seule, en un seul jour,
Y commet plus d'horreurs l'une à l'autre enchaînées
Que n'eût causé de maux l'amour en vingt années !
Oh ! qu'ils aiment, nos cœurs de mollesse abattus !
Qu'ils aiment ! nous aurons des mœurs et des vertus.

DE quoi s'agit-il précisément dans cette note ? De montrer que l'influence attribuée dans ces vers à l'amour, n'est illusoire ni exagérée ; que cette influence est essentiellement heureuse et bienfaisante, faite pour conduire les hommes aux mœurs par le sentiment, et à la vertu par les mœurs; que l'impuissance et la débilité d'ame, la fausse sagesse et les préjugés, qui nous empêchent d'éprouver dans son énergie le plus délicieux sentiment du cœur, sont parmi nous la cause de la débauche, de la perte des mœurs, et des vices que leur ruine engendre; vices non moins avilissans pour l'espèce humaine que malfaisans pour la société.

Mais avant que d'entrer dans ces discussions, il m'importe de définir ce que j'entends par amour; l'abus qu'on fait tous les jours de ce mot rend cette définition nécessaire.

L'amour n'est point cette fièvre éphémère, ce feu passager de jeunesse qui demande à s'exhaler au dehors; qui, dans l'inquiétude des premiers desirs, emporte le jeune homme avide de jouissance, vers un objet utile à ses sens, mais indifférent à son cœur; et qui conduit infailliblement celui qui s'y livre à la débauche et au dérèglement des mœurs. Encore moins est-ce une intrigue galante, ce commerce que lie la vanité, le caprice, le desir du moment; où l'on se séduit sans s'entendre; où l'on se possède sans s'aimer. Non; si c'est dans le besoin de l'amour que de semblables liaisons ont leur cause, c'est sur-tout dans ces liaisons qu'il faut chercher la cause de la perte même de l'amour.

L'homme, en le supposant dans son état originel, ne connut sans doute que ce penchant qui porte des animaux de différent sexe à se chercher et à s'unir, pour remplir dans cette union le vœu de la nature, et transmettre à des animaux de même espèce, le bienfait souvent malheureux de l'existence. Ce penchant, dis-je, a dû le porter à se faire une compagne, mais non pas à la choisir ; car, avant qu'il eût rien comparé, avant qu'il se fût fait des idées de mérite, de beauté, de perfections de toute espèce, l'occasion, le besoin, le hasard, devaient lui tenir lieu de choix et de préférence ; et tout homme alors dut être bon pour une femme, comme toute femme était bonne pour lui.

Lorsqu'enfin dans l'état social, l'homme, par le concours des lumières, sentit s'éveiller tour à tour les facultés de son esprit, et se développer tous les penchans de son cœur ; lorsqu'il apprit à réfléchir, à comparer, à juger ; les grâces du corps, les charmes de l'esprit, les qualités de l'ame, existèrent alors dans sa pensée. Il ne demanda plus seulement une femme, un objet créé pour le besoin de ses sens : il chercha les attraits dont son active imagination lui présentait l'image ; les agrémens de l'esprit dont le sien fut avide ; il chercha dans áutrui les penchans qu'il sentait en lui-même, une ame qui se fît entendre à son ame ; il chercha le cœur amant du sien. Le sien, guidé par l'imagination, crut enfin le reconnaître ; l'illusion par ses prestiges vint aussitôt confirmer la voix de son cœur; rassemblant dans un objet préféré toutes les perfections qu'il convoitait dans ses recherches, elle confondit en lui tous ses vœux. Ses vœux, ses desirs, ses penchans, l'idée qu'il s'était faite du bonheur, tels furent les élémens dont l'homme forma sa Pandore. L'espoir vint encore l'embellir, l'enthousiasme la diviniser. Il tomba aux pieds de l'idole, et il l'adora.

Le moi humain jusqu'alors concentré en lui-même, apprit à s'étendre au dehors ; l'homme ne fut plus un, il fut deux : il sentit que son bien-être n'était plus qu'une partie de son bonheur, et qu'il ne portait dans son sein que la moitié de sa vie. Alors l'illusion croissant avec l'espérance, l'homme absorbé dans un seul sentiment, se vit, pour ainsi dire, échapper à lui-même : un seul objet exista pour lui dans la nature ; les sensations de sa joie et de son bonheur furent tout entières dans le cœur de son amante ; ses larmes apprirent à couler de son cœur : il oublia tout, il s'oublia lui-même ; et ce ne fut plus en lui qu'il sentit son existence. Alors il a connu l'amour.

Ce penchant ainsi développé, mille causes diverses concoururent à établir son empire. Mais la première et la plus puissante de toutes, ce fut le caractère même de la passion : toujours active, inquiète, ardente, elle trouble, agite, absorbe le cœur ; toute la sensibilité de l'homme ne peut lui suffire ; elle l'entraîne avec violence, et met en fermentation toutes les facultés de son être moral. En offrant sans cesse à ses yeux l'image du bonheur de la vie sous les traits de l'objet aimé, l'illusion qui l'enivre emporte vers cet objet tous les vœux et les penchans de son cœur. Il sent toute son ame épanchée dans ce qu'il aime, comme les flots d'une source agitée qu'un fleuve reçoit dans son sein, et qui, mêlée avec ses ondes, ne va plus avoir qu'un même cours.

Ainsi quand la passion est à son comble, elle attire et concentre dans elle-même les diverses affections de nos ames, elle les dispose et les plie à son gré; ce sentiment même qui naît avec nous, et ne nous quitte qu'avec l'existence, *l'amour de soi* lui est soumis; elle le place hors de nous-mêmes. Ainsi l'amour règne seul dans un cœur dont il se rend maître. Rien n'y balance plus son pouvoir; rien d'étranger à lui ne vient modifier notre ame, livrée à ces impressions violentes, aux agitations, aux orages, à la tourmente de l'amour.

L'âge même où d'ordinaire le cœur se livre à la plus tyrannique des passions, concourt à augmenter sa tyrannie, et à prolonger dans la vie ses durables impressions. C'est l'âge auquel l'homme s'achève, où il devient lui tout entier. L'homme physique vit; l'homme moral est à naître. Arbrisseau tendre et flexible, il cède sans effort au penchant qui l'entraîne : dès-lors son inclinaison est marquée, et la tige a pris son pli. Des accidens étrangers à lui pourront bien l'en détourner ensuite, et faire un jour violence à son naturel; mais tant qu'il restera ou redeviendra lui-même, il sera ce qu'il devient en ce moment.

Que ne peut point sur cet être naissant le premier sentiment qui l'anime, et l'impression profonde de l'amour? Libre d'une ambition servile, impatiente du joug de l'opinion, l'ame alors s'appartient toute entière: elle se plonge dans la passion, et y prend pour jamais sa trempe.

Les facultés même de notre entendement ne sont pas moins l'ouvrage de la passion, ni moins soumises à son empire que les affections de nos cœurs. En allumant nos desirs, elle provoque nos recherches et prépare nos connaissances; car où serait l'intérêt de connaître pour celui qui ne desirerait rien? Presque toutes les connaissances des hommes viennent des passions; et par un juste retour, nourrissent les passions qui les engendrent. Or, c'est d'après nos connaissances que se forme notre entendement; ainsi c'est par les passions que la raison même se développe. Aussi la raison conserve-t-elle toujours, dans chaque homme, la teinte de la passion dominante qui influa le plus sur ce développement.

Mais en subjuguant notre raison, en la soumettant à son influence, la passion acquiert bien moins de prise sur nous, qu'en s'assujettissant les penchans de notre ame, et notre manière de sentir. Pour déterminer notre conduite, nous n'avons recours au raisonnement, aux délibérations, qu'en des circonstances extraordinaires et très-rares; mais pour ce qui est de l'habitude journalière et de notre *façon d'agir* dans la vie, nous nous livrons sans contrainte au sentiment qui nous conduit. Or, c'est à l'âge où le cœur s'ouvre à l'amour, que les habitudes de l'ame commencent.

Ce tems est si doux! il passe si vîte! Hélas! il semblait devoir durer toujours. Le cœur ne peut non plus l'oublier que remplir le vide qu'il lui laisse: il l'a vu fuir sans retour ; mais il le rappellera sans cesse ; et du moins dans ses souvenirs il voudra le ressaisir encore. Ainsi ramené par la pensée à l'âge des premières amours, l'homme, toujours avide d'illusions, verra leur cours renouvelé dans sa mémoire, et leurs impressions dans son cœur.

Le bonheur qui n'est plus revit dans les regrets qu'il inspire. Le sentiment qui en fut la source, son influence inaperçue, agit en secret sur nos actions, et suit l'homme dans la durée de sa vie, comme cette divinité *invisible et présente*, qui suivait Ulysse à travers les dangers d'une longue navigation, et qui le remplissant de son esprit dans les occasions difficiles, l'armait également contre le chant des Syrènes et les enchantemens de Circé. Oui, c'est en plus d'un sens, c'est en plus d'occasions qu'on ne pense, que l'homme qui réfléchit, et dont le cœur sut aimer, peut dire : *Agnosco veteris vestigia flammæ.*

Se pourrait-il qu'un sentiment si pur, ces jouissances célestes, tant de soins si doux et si tendres, en affermissant l'empire et l'influence de l'amour, ne fussent employés par la nature qu'à rendre l'homme coupable et corrompu, à dépraver son ame naissante? Non, c'est vous qui le dégradez en flétrissant dans son sein le germe qu'y déposa l'auteur de son être. En voulant étouffer ses passions, vous les dépravez; vous donnez à la plus innocente de toutes, la teinte de vos mœurs corrompues et de vos préjugés corrupteurs; et vous vous écriez ensuite : « c'est l'amour! fuyez sa douceur empoisonnée! » Oui, c'est l'amour tel que vous l'avez défiguré; c'est le monstre né de vos caprices, de vos institutions insensées, et de votre sagesse en délire.

Tel n'est point l'amour que, d'un souffle pur, la nature fait éclore dans l'homme, fidèle à ses lois, sain de cœur, libre de vos passions meurtrières et de vos doctes erreurs. Pour sentir combien cet amour est différent du vôtre, combien sont droits les penchans qu'il fait naître, heureux et bienfaisans les effets qu'il produit, observez seulement les manières de sentir dont il affecte notre ame, les impressions qu'il lui laisse, et les premiers développemens qu'il donne au cœur. N'est-ce pas lui qui nous apprend à sentir notre bien-être hors de nous-mêmes, à goûter dans le bonheur d'autrui un charme plus doux que notre satisfaction personnelle? N'est-ce pas lui qui éveille, anime, enflamme notre sensibilité? qui, par une maîtresse adorée, nous prépare de loin à chérir tous nos semblables? qui développe en nous le sentiment de l'humanité, et lui prête son activité brûlante ? Et toutes nos vertus que sont-elles, si ce n'est l'humanité diversement modifiée ? tandis que nos vices les plus affreux nous viennent d'une insensibilité barbare et de l'endurcissement du cœur. Car les vertus ne sont vertus que par l'avantage qui en dérive et pour l'homme en particulier, et pour la société humaine en général ; et les vices ne sont tels qu'en ce qu'ils nuisent à autrui ou à nous-mêmes.

En mettant ainsi en action toutes les puissances de notre ame, l'amour lui donne un ressort, une brûlante énergie qu'elle n'eût jamais connue sans les ardeurs de la passion. Que sont les obstacles, les dangers, la mort présente, pour l'amant qui s'élance vers l'idole de son cœur ? Celui qu'anime ce feu dévorant, c'est ce jeune homme espagnol, sur les débris de sa maison embrâsée, emportant dans ses bras son amante, à travers l'incendie; c'est Léandre, au milieu des écueils, de la nuit et de l'orage, fendant les flots de la mer, et volant sur la rive enchantée où brille le signal attendu. Non; il n'est rien de grand, de hardi, d'intrépide, où ne puisse atteindre l'audace et l'héroïsme de l'amour.

Sur des monts glacés et déserts, l'Amour prépare à Psyché une retraite enchantée. La nature sauvage obéit à sa puissance; elle se transforme et se pare pour servir d'asyle à la Beauté; déjà vient sur ces rochers arides s'étendre une herbe humide et verdoyante; une onde pure et limpide apprend à couler sans murmure sur leurs sommets applanis; un vent frais, un souffle odorant, agite de mobiles ombrages, couronnés de fruits et de fleurs. C'est la belle et juste image du charme dont remplit nos cœurs une passion enchanteresse. Mais pour suivre dans ses développemens cette révolution si heureuse et si puissante, peignons ici le jeune homme au moment où, pour la première fois, il porte à ses lèvres la coupe enchantée, et, par degrés, épuise jusqu'à l'ivresse le philtre magique de l'amour.

Long-tems dans le calme des sens et l'engourdissement de l'ame, le jeune homme a vu croître et se développer ses facultés avant qu'il en connût l'usage. Ce n'était point encore dans son cœur qu'était pour lui le sentiment de la vie. Aujourd'hui, inquiet, agité, avide du bonheur qu'il ignore, il sent à la fois le besoin de ses sens et le vide de son cœur. Il cherche, mais sans le connaître, un objet qu'ils lui demandent de concert.

Il l'a vu cet objet qui fera le sort de sa vie. Combien il est changé dans un moment! Un regard a-t-il donc tant d'empire! Pour lui, avec sa première passion, le monde moral vient d'éclore : un sentiment doux et tendre, mais ardent et impétueux, agite, enflamme et développe son cœur. Il desire, il cherche à connaître ; il convoite, il veut mériter. Son ame épanouie, s'ouvre aux impressions ardentes de la passion. Il savoure à la fois, et dans un trouble délicieux, les desirs, l'espoir, l'inquiétude, la crainte, et cette douce tristesse, et ces larmes si tendres, naissantes prémices de l'amour.

Oh ! qu'il est délicieux ce moment du réveil de l'ame ! Savoure avec lenteur son enchantement céleste ; il ne reviendra plus pour toi. O charme des premières illusions, fraîcheur du sentiment, naïve jeunesse des desirs ! long-tems, quand vous ne serez plus, vous vivrez dans le cœur qui sut vous connaître ; long-tems vos souvenirs encore seront pour lui le bonheur.

Livré tout entier au charme qui l'entraîne, le jeune homme ébloui, enivré, ne voit plus l'objet qui l'enchante qu'à travers le prisme de l'illusion et brillant de tous ses prestiges. Est-il rien d'aimable, d'honnête et de grand, dont il ne se plaise à parer l'idole de son ame ? Le divin simulacre de la vertu, l'image des perfections les plus sublimes, se confondent dans ses adorations avec cette idole toujours présente ; et le feu de sa passion s'épure à leur flamme céleste.

Rêveries, chimères, que cela ! va-t-on crier de toutes parts : qu'apprend donc réellement à chérir le jeune homme, si ce qu'il adore n'existe pas ? Les rêves de son imagination malade, les vains délires de son cerveau. Quoi donc ! la vertu, l'amour des choses honnêtes, le sentiment du grand, du beau, ne sont-ce là que des chimères ? Eh ! qu'importe que celle qu'il adore ait ou n'ait pas les perfections qu'elle lui fait adorer, si leurs traits ravissans viennent parer dans sa pensée une idole si chère, et partager le culte de son cœur ?

Avec l'illusion croissante s'enflamment encore les desirs. Plus belle à ses yeux, son amante est toujours plus chérie. Alors il craint plus de la perdre, et se trouve moins digne de l'obtenir. Les perfections dont il l'embellit lui-même, semblent mettre à plus haut prix le don de son cœur. Par quelles vertus mériter, par quels exploits conquérir la divinité qu'il adore ? Faut-il en présence de la mort, sous les drapeaux de la patrie, assurer son indépendance et venger ses droits violés ? il vole, et l'image d'une amante le suit; sous les traits brillans de la gloire, il la retrouve au champ d'honneur. Peut-être la fleur qui para son sein, daignera-t-elle s'unir au laurier qui va ceindre sa tête.

Faut-il, dans le secret de son cœur, et loin des yeux de la renommée, exercer de plus paisibles et non moins sublimes vertus? faut-il secourir l'indigence, plaindre et consoler l'infortune, venger la vertu dans l'opprobre et l'innocence dans le malheur? faut-il tendre une main protectrice et courageuse au pauvre, toujours dans les chaînes, au faible, en tous lieux accablé sous le pesant joug des lois? Une image adorée l'accompagne, le voit, l'écoute, le juge; que sont auprès de son approbation les applaudissemens des hommes, les vaines acclamations de l'univers? Le prix de ses vertus l'attend sur les lèvres d'une amante : son flatteur et tendre sourire en sera bientôt le doux fruit. Peut-être au récit de ses bienfaits, de son humanité généreuse, il verra les yeux de ce qu'il aime s'humecter de pleurs d'attendrissement et de joie; peut-être il obtiendra que sa main fortunée et tremblante, essuie lentement ces pleurs.

Il est ainsi de tous les sentimens élevés auxquels le brûlant amour prête son énergie et sa flamme. Cette flamme d'honneur et de gloire (1), dédaigne les cœurs bas et abjects; mais elle anime et agrandit les ames fortes. Les orages même de la passion donnent au cœur une trempe plus vigoureuse. Il n'est rien d'impossible à celui qui, fait pour les connaître, épris d'un estimable objet, sûr de sa flamme et fier de s'en montrer digne, s'élance, armé de jeunesse et de vertu, sous les yeux de la Beauté. Beauté, souvent infidèle et toujours adorée, tu naquis sous un ciel serein, dans le silence des vents et le calme des mers, aux premiers rayons d'un jour pur, la veille d'un orage.

---

(1) *Fiamma di gloria d'onore.*

Mais soit, en effet, que le jeune homme se livre long-tems à l'orage, aux tempêtes de la passion ; soit que dans un calme heureux il jouisse en paix de ce qu'il aime, ou que dans le plus cruel naufrage il en soit séparé pour toujours; il n'importe, l'impression est faite ; le *philtre* a épuisé sur lui son pouvoir.

Qu'on le suive dès à présent dans le monde, on connaîtra s'il est vrai que l'amour soit le contre-poison des mauvaises mœurs, et si le cœur nourri d'un sentiment si pur arme les sens contre la débauche. Lui, pour qui l'estime et le respect, l'admiration, le sublime enthousiasme, ont été la source et les premiers élémens de l'amour, lui dont la passion ne fut qu'une longue idolâtrie, de quel œil verra-t-il aujourd'hui ces liaisons abjectes et grossières, où l'attrait des ames est compté pour rien; où l'on se plaît sans estime, où l'on se livre sans amour; où les cœurs toujours froids, toujours morts, ne s'entendent que dans le mépris du devoir et le goût du libertinage? Si, dans une erreur passagère, il cherche encore un cœur fait pour le sien, s'il pense rallumer jamais ces transports, ce délire et ce ravissement céleste qu'on ne goûte bien qu'une fois, rien ne répond plus à son ame, l'illusion éteinte ne peut renaître avec les desirs, et le dégoût naît bientôt de l'espérance abusée. Son cœur trahi, mais détrompé, se retire alors en lui-même; il se nourrit du passé, et préfère les vains souvenirs de sa félicité perdue, à ces voluptés mensongères, qui n'ont plus de charme pour lui.

C'est ainsi qu'une passion tutélaire, lors même qu'elle n'est plus, prévient les égaremens de la jeunesse, et la protége aisément contre les piéges de la débauche et la dépravation des mœurs. Elle fait plus, elle l'en retire quelquefois ; et pour moi, je pense qu'un tel prodige n'est guères possible qu'à l'amour.

Une perfide enchanteresse présente en souriant, aux compagnons d'Ulysse, la liqueur qui doit les abrutir ; ils boivent dans la coupe magique, et sont transformés en pourceaux. Mais vaincue elle-même par l'amour, Circé les rend à leur première forme. J'ai vu, il n'y a pas long-tems, un semblable triomphe de l'Amour sur la Volupté ; je l'ai vu, et son souvenir n'a pas peu contribué à me faire écrire ces feuilles.

Un jeune homme bien né, mais élevé dans Paris, au sein de l'opulence et de la séduction, se vit dès son enfance introduit dans le monde. Une figure agréable et de frivoles talens, bien plus que les qualités réelles de son cœur, lui obtinrent de nombreux succès et de faciles conquêtes.

Allumé par l'exemple et l'occasion, le tempérament dévança la nature, et les jouissances prévinrent les desirs. Quand les sens s'éveillent avant le cœur, et qu'on s'abandonne à leur fougue, il est bien difficile ensuite de mettre un frein à leurs caprices et un terme à leurs dérèglemens. Toujours avide et rassasié de voluptés, le jeune homme goûtait la jouissance et pensait connaître l'amour. Mais sa flamme, ses transports, son ravissant délire, tout cela n'était pour lui que des rêves, que des chimères, féconds sujets de railleries et de sarcasmes méprisans.

Il était cependant destiné à les connaître; ces chimères devaient avoir une réalité pour lui; le moment n'était pas loin. Une jeune et aimable femme captiva ses desirs, et lui fit éprouver l'empire de la modestie unie à la beauté. Elle était tendre, mais honnête, et les maximes du monde n'avaient point corrompu son cœur. Il fallait donc la séduire; il l'entreprit. Dès-lors tout fut mis en usage, protestations, sermens, prières, pleurs; il en voyait le prix; il croyait l'atteindre: et dans le piége tendu à l'innocence, il tomba lui-même sans retour.

En voyant de plus près cette estimable femme, il apprenait à la respecter. De l'estime et du respect naquirent bientôt l'amour et l'enthousiasme. Le premier vœu d'un amant n'est pas de posséder ce qu'il aime, mais de s'assurer de son cœur. Le jeune homme fut aimé, il méritait de l'être; il avait appris de l'amour à soumettre, à immoler tout, les plaisirs, la possession, l'amour même au bonheur de l'objet aimé. En vain chéri d'une amante, un obstacle invincible lui défendait de prétendre au don de sa foi. Il n'a point possédé cette femme adorée ; il n'a point épuisé dans ses bras les délices de l'amour fortuné : non ; il n'a goûté dans ses chaînes que des désirs partagés et vaincus, ces privations qu'impose l'amour et dont l'amour récompense ; mais tel est le charme si doux de cette passion, même malheureuse, que, rentré dans ce monde frivole où tant de voluptés le séduisirent autrefois, il n'a plus retrouvé près d'elles qu'un froid dégoût et le mépris. Heureux si le premier objet de son culte avait eu les prémices de ses vœux !

Mais ce n'est plus le tems qu'une amante estimable et tendre avait les premiers vœux d'un jeune homme, et les desirs naissans de son cœur. Parmi nous cela ne saurait être, la raison en est aisée à sentir.

On nous dit qu'il y avait à Sparte une maison fort obscure où l'on renfermait les jeunes filles et les garçons à marier. Là, chacun prenait pour épouse celle qui lui tombait sous la main. Nous n'avons pas, il est vrai, de maison de la sorte où l'on renferme les jeunes gens et leurs maîtresses, pour leur donner le plaisir d'en changer; mais pour ce qui est des mœurs, des rapports de goûts, d'humeurs, de caractères, s'unissent-ils moins parmi nous dans les ténèbres, et s'y marie-t-on moins au hasard? Comptant pour rien le penchant du cœur, aux convenances de la société nous immolons celles de la nature. Les fortunes et les conditions s'épousent, mais les ames ne s'unissent point. Les pères marient leurs filles, c'est l'usage (2); faut-il s'étonner si

(2) Qu'il était différent de celui-là l'usage antique et naïf de la malheureuse Formose! Libre dans le choix de son cœur, le

c'est aussi l'usage que les femmes trompent leurs maris ?

Dans des liens que le cœur repousse on sent le besoin d'un nœud plus doux ; on cherche un amant, on le trouve ; il est parjure, ou l'on s'en dégoûte ; on le remplace, il est oublié ; bientôt l'on en choisit un autre, et bientôt l'on ne choisit plus.

Voilà les femmes qui parmi nous *font*

---

jeune homme, à la porte de sa maîtresse, allait mêler sa voix suppliante aux sons plaintifs d'un instrument. Si la jeune fille agréait son hommage, elle accourait sans honte lui offrir sa main et son cœur, et convenir avec lui des conditions du mariage. Alors on avertissait les parens ; ils préparaient le festin des noces, et donnaient la bénédiction paternelle à cet hymen de l'amour. Que de réflexions en foule doivent naître dans l'esprit du lecteur ! quelle noble simplicité chez un tel peuple ! Il n'y a pas trente ans que Formose existait encore ; elle est aujourd'hui presque entièrement submergée. Mais depuis combien de siècles cette touchante naïveté, cette candeur originelle, a-t-elle été submergée sur le continent ? Ah ! n'envions pas un dangereux usage ! salutaire et bienfaisant chez des hommes simples, il serait pour des peuples sans mœurs la source des plus horribles désordres.

l'éducation d'un jeune homme. Pour le trouver plus docile à leurs leçons, elles enflamment et captivent ses sens avant que son cœur et sa raison s'éveillent. Enervé de mollesse et dépravé par le dégoût, il passe de la galanterie à la débauche ; il use dans les voluptés son éphémère jeunesse ; au sein des jouissances stériles, son cœur toujours vide, s'éteint, et le sentiment y est étouffé dans son germe.

Séduit par la mère, il apprend à corrompre un jour la fille. Toujours soumis au caprice des sens avec un corps sans vigueur et un cœur sans flamme, il traîne sa vieille enfance au milieu des plaisirs, du vice et de l'ennui ; dans le mépris des devoirs et l'ignorance de l'amour qui aurait prévenu ses désordres.

Quand les mœurs en sont là, il n'y a plus de citoyen dans la patrie ; il n'y a plus d'homme dans la société : tous sont avilis et malheureux. Nos malheurs et nos vices nous viennent tous de lâcheté. On accuse l'amour de cet avilissement funeste, et l'on ne voit pas que cet avilissement même a une première cause dans la ruine de l'amour ; car, selon la définition juste autant que belle, d'un moraliste recommandable, non moins qu'éloquent écrivain : *L'amour véritable est un feu dévorant qui porte son ardeur dans les autres sentimens, et les anime d'une vigueur nouvelle. C'est pour cela qu'on a dit que l'amour faisait des héros.*

Mais pourquoi, s'il est ainsi, un sentiment si noble, si grand, si généreux, a-t-il parmi nous tant de censeurs, d'ennemis ligués pour sa ruine ? Ah ! pourquoi ? je l'ai déjà dit : l'amour est le fléau de la débauche ; il est détruit par elle, ou il la détruit. Ceci explique ou rien, ce me semble, comment ces hommes si purs, ces ames candides et timorées se pensent obligées en conscience, de dire anathême à l'amour.

Finissons ; cette *note* est bien longue ; trop longue, je m'en aperçois ; le lecteur s'en apercevra davantage. Qu'y faire ? elle l'est devenue en dépit de moi. C'était ici la matière d'un livre, et dans cette longue note je n'ai pu qu'effleurer mon sujet. Ainsi c'est avec vérité que je puis redire, en posant la plume, ces paroles de l'épigraphe que j'avais choisie en la prenant.

Summa sequor fastigia rerum.

ÉLÉGIE

AUX MANES

D'UNE AMIE.

VOICI une Elégie qui n'est point annoncée dans ma Préface. En effet, ce fruit hâtif d'une soirée, ces vers épanchés de mon cœur, que j'éprouvais une satisfaction douloureuse à laisser couler sans contrainte avec mes larmes, ces vers sans précision, sans correction, sans art, ne peuvent, je le sais bien, intéresser le public. Mais ceux qui ont connu, comme moi, une amie infortunée dont la cendre est encore fumante; ceux dont le cœur fut d'intelligence avec le mien dans l'amitié vive et durable que son esprit, ses grâces et son ame aimante savaient si bien inspirer; ceux-là peut-être ne verront pas sans quelque douceur que nos cœurs savent encore s'entendre dans les regrets, hélas! si vains, de sa mort cruelle et prématurée. C'est à eux seuls que cette Elégie peut plaire; c'est pour eux seuls qu'elle voit le jour.

ÉLÉGIE

AUX MANES

DE MADAME FANNY ***.

Ite, rime dolenti, al duro sasso
Che'l mio caro tesoro in terra asconde.
PETRARCA, son. 288.

O toi ! qui dans la tombe où tu viens de descendre
Emportas pour jamais le bonheur de mes jours,
Objet infortuné d'une douleur si tendre,
Fanny, toi qui n'es plus, que je cherche toujours,
Reçois ces pleurs... hélas ! versés loin de ta cendre,
Ces longs gémissemens que tu ne peux entendre,
Ces plaintes, vain tribut d'un regret éternel,
D'une douce amitié reste cher et cruel.

BEAUTÉ, grâces, vertus, une froide poussière...
O Fanny ! quoi, la tombe a dévoré ces traits,

Ces yeux touchans, ces yeux dont la douce lumière
Dans la nuit du trépas va se perdre à jamais !
Ah ! de son ombre en vain il couvre ta paupière.
Non ; tu ne seras point au tombeau toute entière ;
Tu vivras dans mon cœur de plainte et de regrets.

Il est, il est donc vrai, jeune et sensible amie,
C'est tout ce qui me reste aujourd'hui de ta vie,
Un souvenir ;.. un long et douloureux tourment.
A peine à son aurore, elle est évanouie.
Dans un monde charmé dont tu fis l'ornement,
Tu paraîs, et tu meurs. Une tendre rosée
Sur le tremblant feuillage ainsi brille un moment.
Aux premiers feux du jour, fugitive, épuisée,
Vapeur faible et légère, elle remonte au ciel.
Ta jeunesse s'endort d'un sommeil éternel.
Et moi, tu le sais bien, moi, qui de ton absence
Accusai trop les Dieux, trop prompts à s'irriter,
Ah ! je n'ai qu'un moment joui de ta présence !
Mon cœur ne te connut que pour te regretter.

www.ingramcontent.com/pod-product-compliance
Ingram Content Group UK Ltd.
Pitfield, Milton Keynes, MK11 3LW, UK
UKHW021115260726
13994UKWH00002B/895